Obsédé par elle

J'ai enfin la chance de faire en sorte qu'elle soit mienne

Ashley Colem

This is a work of fiction. Similarities to real people, places, or events are entirely coincidental.

OBSEDE PAR ELLE

First edition. October 2, 2023.

Copyright © 2023 Ashley Colem.

ISBN: 979-8224854615

Written by Ashley Colem.

Also by Ashley Colem

Bien Trop Brutal

Obsede Par Elle

Limite dépassée

Amour Improbable

Kataliya, la Parfaite Élue

Le Choix Ultime d'un Seul Amour

Réveille-toi, Barbara

Sexe à Répétition

Taïna est en feu

Captive d'une Nuit Enneigée: Jusqu'à ce qu'elle apparaisse et que son âme se sente captivée

Ces Attouchements Tabous: Cette nuit-là, il a changé ma vie pour toujours

Épuisement: Sienna est peut-être jeune, mais son corps sait ce dont il a besoin

Il va l'avoir: William veut Jesse plus que tout au monde

La Femme de ses Rêves: Il est obsédé par la jeune beauté qui lui a volé son cœur

Le No 1 des Connards: Il ne cherche pas d'excuses pour ce qu'il est ou ce qu'il fait

L'étrange Mariage du Milliardaire

Maintenant... Elle est à moi pour Toujours: Je mets un bébé dans son ventre et une bague en diamant à son doigt

Piégé par elle

Tenir si Fort: Il ne savait pas qu'une obsession pouvait s'emparer de lui aussi fort

Un Alpha de Mauvais Caractère: Aucune femme n'a jamais été capable de le gérer

Un Échange Très Étrange: Le destin de Cian et de Serenity, croisés dans un lycée américain

Limite Superato

Amore Improbabile

Kataliya, la Perfetta

La Scelta Definitiva di un Singolo Amore

Sesso ripetuto

Taina è in Fiamme

Esaurimento

Intrappolato da lei

La Donna dei Suoi Sogni

Lo Stronzo #1

Ora è mia... per sempre

Prigioniero in una Notte di Neve

Sta per Averla

Stringere Così Forte

Obsession: Tout a changé la première fois que Jackson a vu Dina

Svegliati, Barbara: Stare con Clark diventa un grosso problema

Agarra tan Fuerte

Atrapado por ella

El Éxtasis de lo Prohibido: Después de que Nadia descubre que Bady la engaña

El gilipollas nº 1: No pone excusas por lo que es o por lo que hace

L'estasi del Proibito: Dopo che Nadia scopre che Bady la tradisce

L'extase de l'interdit: Après que Nadia découvre que Bady la trompe

Obsesionado con ella: Finalmente tengo la oportunidad de hacerla mía

Je la regarde depuis des années.

C'est mon obsession.

Et quand sa voiture tombe en panne sur le bord de la route et que je peux la récupérer dans mon magasin, j'ai enfin la chance de la faire mienne.

J'ai juste l'outil dont elle a besoin.

CHAPITRE 1

Chic

" Bon sang ! " m'exclame-je avant de jeter un coup d'œil à la petite fille de Whitney et Jon et de m'excuser.

"Désolé, Maggie. N'écoute pas tante Posh."

"Bon sang!" la petite fille perroquet. Je grimace.

Jon et Whitney ne vont pas être contents que j'apprenne à leur fille à jurer, mais qu'est-ce qu'une fille est censée faire lorsqu'elle se retrouve bloquée alors qu'elle garde la fille de cinq ans de sa meilleure amie ?

Je ne suis pas vraiment la tante de Maggie, mais étant donné que Whitney et moi n'avons pas de sœurs de sang et qu'elle et moi avons pratiquement grandi ensemble, avec nos pères riches comme le péché et connards qui courent dans le même cercle, nous' Nous sommes aussi proches des sœurs que deux filles peuvent l'être.

Par conséquent, j'ai des devoirs de tante.

Et je les aime. Je fais. J'ai juste peur de les sucer totalement.

Je n'ai jamais été ce que les gens appellent un bon modèle. J'ai été qualifié d'exagéré et de volage, plus absorbé par la mode qu'autre chose, et j'essaie de ne pas laisser cela me déranger, même s'il y a plus en moi que ce que l'on voit.

C'est tout simplement plus facile de bien parler et de faire un spectacle que de laisser les gens suffisamment proches pour voir le vrai moi. De plus, comme Whitney était une demoiselle en détresse, l'un de nous devait prendre l'initiative et être le plus fort.

Jon va m'écorcher vif s'il découvre que je suis coincé avec sa précieuse fille.

Le mari de Whitney adore leur fille autant, sinon plus, que Whitney.

C'est une relation qui me fait mal au cœur de solitude. Je veux dire, je suis heureux pour mon ami. Je le suis vraiment.

Mais je suis aussi un peu jaloux.

Pas que je veuille Jon ou quoi que ce soit. je veux justequelqu'un comme lui. Quelqu'un qui me voit – mon vrai moi – de la même manière qu'il voit Whitney.

Mais je ne peux pas penser à tout ça maintenant.

J'ai de plus gros problèmes.

Comme remettre ma voiture en marche et ramener Maggie à la maison, espérons-le, sans que Jon ne découvre jamais ce qui s'est passé.

Il ne me laissera peut-être plus jamais garder Maggie s'il le découvre.

Je me mords la lèvre en regardant de haut en bas l'autoroute déserte.

Merde.

Pourquoi ai-je dû m'effondrer au milieu de nulle part ?

D'accord, ce n'est donc pas au milieu de nulle part, mais je ne vois aucune station-service ni bâtiment à proximité. Nous étions en route vers la plage, et je sais que c'est une bonne dizaine de kilomètres à parcourir jusqu'au signe de civilisation le plus proche.

Je regarde Maggie et me mordille encore la lèvre.

Je sors mon téléphone portable et gémis quand je vois que je n'ai aucun service.

Qu'est ce que je vais faire?

Mes yeux se tournent vers la route lorsque j'entends le grondement d'un moteur.

Mais cela ne ressemble pas à un moteur de voiture.

C'est une moto.

Mon cœur fait un bond dans ma poitrine lorsqu'un homme s'arrête et ralentit.

Yay! Ont été sauvés! Je peux sûrement convaincre ce mec de nous aider.

Je lui fais signe et lui souris vivement, implorant déjà des mots sur mes lèvres.

Mais ils meurent sur ma langue quand il nous atteint enfin et s'arrête en dérapant.

Mon Dieu, cet homme estvraiment magnifique.

Il a des cheveux noirs de jais balayés par le vent, un carré et une barbe de trois jours.ligne de la mâchoire, et des lunettes de soleil aviateur qui lui donnent un soupçon de danger.

Je meurs d'envie de voir de quelle couleur sont ses yeux derrière ces lunettes.

Il suinte de toutes sortes de testostérone masculine et il a cette ambiance de mauvais garçon avec sa veste en cuir classique, son t-shirt gris clair et son jean noir déchiré.

Cet homme a réussi à faire quelque chose que personne d'autre dans l'humanité n'a jamais été capable de faire.

Moi, Jessie Cunninghman (alias Posh), je suis absolument sans voix.

Je peux sentir la chaleur monter dans mes joues alors qu'il descend de cheval et s'approche de nous. Il est grand, au moins six pieds. Il enlève sa veste et je remarque que ses bras musclés sont ornés de tatouages. J'ai envie de passer mes doigts dessus, traçant les motifs complexes qui s'enroulent autour de ses biceps.

"Salut," dit-il d'une voix grave et rauque. "On dirait que tu es dans une situation difficile."

J'acquiesce bêtement, incapable de former une phrase cohérente.

Il jette un coup d'œil à Maggie, lui faisant un sourire chaleureux. "Hé, gamin. Tu vas bien ?"

"Ouais ! Tante Posh m'emmène à la plage !" elle lui sourit avec toute l'inconscience heureuse d'un enfant.

Le mec tourne son attention vers moi et lève un sourcil. "Chic ?"

Mes joues s'enflamment à mon surnom, qui me semble soudain ridicule. "C'est comme ça que tout le monde m'appelle", je balbutie, "mais mon vrai nom est Jessie."

"Jessie", dit-il mon nom d'une manière qui me fait serrer mes cuisses l'une contre l'autre, même si je ne sais pas pourquoi.

Ses yeux se tournent vers moi et s'attardent là où mes cuisses sont étroitement serrées l'une contre l'autre.

Ses narines se dilatent et, pour une raison ou une autre, mon pouls s'accélère. "Quel semble être le problème ?" il demande.

"Ma voiture est en panne", réussis-je à balbutier. "Et je n'ai pas de service cellulaire."

Il hoche la tête, ses yeux se tournant vers ma vieille Buick.

Je vois les questions dans ses yeux quand elles reviennent sur moi, et je comprends. Mes vêtements de marque contredisent la voiture que je conduis, mais quand Whitney a tenu tête à son père, j'ai décidé de prendre position aussi. J'ai déménagé et j'ai commencé à subvenir à mes besoins, et certaines personnes diraient que mes priorités étaient rétrogrades, mais j'ai choisi de dépenser plus d'argent pour le type de vêtements auquel j'étais habitué plutôt que pour un trajet fiable.

Je commence à voir que c'était peut-être une erreur.

L'homme détourne finalement son regard de moi et scrute la zone autour de nous. "Ouais, tu n'auras pas de réception ici. Mais ne t'inquiète pas, je peux te conduire jusqu'à la ville la plus proche. Mon vélo devrait pouvoir nous transporter tous les trois."

J'hésite un instant, mon esprit s'emballant avec tous les dangers potentiels de monter à l'arrière de la moto d'un inconnu. Mais ensuite je me rappelle que je suis au milieu de nulle part avec un enfant en bas âge et que je n'ai pas d'autre option.

Et pour une raison inexplicable, je sais au plus profond de mon âme que cet homme ne me ferait jamais de mal ni à Maggie.

Est-ce fou ?

"D'accord", dis-je, trouvant enfin ma voix. "Merci beaucoup."

Il me fait un sourire en coin et je sens un papillon dans mon ventre. "Pas de problème. Montez."

Je soulève délicatement Maggie sur l'arrière de la moto, puis je grimpe derrière elle. L'homme fait tourner le moteur et, dans un rugissement, nous partons sur la route déserte.

Le vent souffle dans mes cheveux et je m'accroche étroitement à Maggie, sentant la chaleur du corps de l'homme à travers sa veste en cuir.

Alors que nous accélérons sur la route, je ne peux m'empêcher de lui jeter un coup d'œil. Il est d'une beauté robuste avec le vent ébouriffant ses cheveux noirs.

Je secoue la tête, essayant de repousser l'étrange attirance que je ressens envers lui. Après tout, je ne connais même pas son nom.

Mais alors que nous arrivons dans la petite ville et qu'il m'aide à descendre du vélo, je sais que je veux en savoir plus sur lui.

"Merci beaucoup", dis-je en me tournant vers lui. "Je ne sais pas ce que j'aurais fait sans toi."

Il me sourit à nouveau et je sens mes genoux faiblir. "N'en parle pas. Je suis juste heureux de t'aider."

"Je ne connais toujours pas ton nom", dis-je, enhardi.

Il rit, un son grave et sexy qui me fait frissonner le dos. "C'est Billy."

"Billy", je répète, savourant le goût de son nom sur ma langue.

Nous restons là un moment à nous regarder avant qu'il ne s'éclaircisse la gorge. "Pourquoi ne viens-tu pas dans ma boutique et je vais te soigner, poupée ?"

Mon cœur palpite devant cette affection.

"Bien sûr—" Je commence puis je fais une pause. "Attendez ? Votre boutique ?"

Il me sourit, un sourire irrésistiblement beau. "Ouais, je suis le propriétaire de cet endroit."

Mes yeux se tournent vers le panneau.

Mécanique du maire.

"Alors, tu es Billy Mayor ?"

Il me sourit à nouveau, montrant une série complète de dents blanches et régulières. "La seule et unique, Jessie Cunningham."

Mes yeux s'écarquillent quand il prononce mon nom de famille, j'enroule un bras autour de Maggie et fais un pas en arrière.

Comment sait-il qui je suis ?

CHAPITRE 2

Gamelle

"Attends. Comment connais-tu mon nom complet ? Je ne t'ai pas dit mon nom de famille."

Je me maudis intérieurement pour ma erreur.

Bien sûr, je sais qui est Posh (Jessie Cunningham). Son père est l'un des baiseurs les plus riches de la ville, et je n'oublierai jamais la première fois que j'ai vu la petite héritière brune.

Elle devait avoir à peine seize ans. Elle conduisait une jolie Corvette rose que son père lui avait sans doute achetée. Son carré jusqu'aux épaules flottait dans le vent et ses lunettes de soleil surdimensionnées faisaient ressortir encore plus ses lèvres piquées par les abeilles.

J'ai été instantanément obsédé.

Depuis, je la suis, la surveillant silencieusement. Je sais que cela me donne l'impression d'être une plante grimpante, mais pour être honnête, j'attendais juste qu'elle ait dix-huit ans.

Apparemment, je suis aussi un pied-de-poule parce qu'elle a dix-huit ans depuis cinq ans maintenant. Jessie a vingt-trois ans et je sais déjà que la petite fille qu'elle a avec elle est celle de sa meilleure amie, pas la sienne.

Merci putain.

Vous pouvez être sûr qu'il n'y avait aucune chance que je laisse un autre enfoiré s'approcher de ma copine et la mettre en cloque.

Elle est à moi.

À moi de tenir, à moi d'aimer, à moi de me reproduire.

C'est difficile d'expliquer pourquoi j'ai attendu si longtemps pour approcher Jessie. C'est peut-être parce que je suis tellement habitué à la regarder de loin. C'est peut-être parce que l'opportunité parfaite ne s'est jamais présentée.

Bon sang, cette fille est tellement hors de ma ligue, c'est ridicule. Dans un million d'années, je ne serai jamais assez bien pour une fille aussi noble qu'elle. C'est le fantasme dont rêvent les gars comme moi.

Et maintenant la voici dans ma boutique.

C'est surréaliste. Je suis convaincu que je vais me réveiller d'une minute à l'autre et découvrir que tout cela n'est qu'un rêve.

Jessie lève une main parfaitement manucurée et remonte ses lunettes de soleil jusqu'à ce qu'elles reposent sur sa tête, révélant de grands yeux marron qui sont encore plus enchanteurs de près comme celui-ci.

J'avale, mon regard plongeant dans le sien comme des sables mouvants. Je clarifie ma voix, mais elle reste aussi dure que du papier de verre lorsque j'essaie de la jouer cool.

"Tout le monde sait qui est Posh."

Ses yeux s'écarquillent et un joli rougissement tache ses joues.

"Tu connais mon père ?" elle interroge.

"Je le connais", dis-je simplement. Ouais, je ne connais pas ce connard personnellement, mais je le connais. Bon sang, qui ne le fait pas ? Je ne peux pas dire que j'aime ce connard, mais je ne vais pas le dire à Jessie, même si d'après ce que j'ai supposé au fil des années, elle a également perdu contact avec son père.

Ma poitrine se gonfle de fierté. Jessie est peut-être devenue riche, mais il est clair qu'elle n'est pas une princesse superficielle. Elle était prête à abandonner tout cela pour essayer de se frayer un chemin dans le monde lorsque viendrait le temps de défendre ses principes.

Je ne pourrais pas être plus fier d'elle.

Mais je ne peux pas lui dire tout cela sans lui révéler que je la surveille de près depuis des années.

Je suis sûr que cela lui ferait flipper – et c'est normal.

J'ai accepté qu'il y ait quelque chose qui ne va pas chez moi. Que cette obsession pour Posh est quelque chose qui me ronge de l'intérieur.

Et ce qui est foutu, c'est que ce n'est pas quelque chose que je veux combattre.

C'est tout simplement ce que c'est. Cela ne va pas disparaître, et moi non plus.

Je serai dans la vie de Jessie d'une manière ou d'une autre, qu'elle s'en rende compte ou non. Je prie Dieu pour que je puisse être dans sa vie comme je le souhaite. Moi à ses côtés pour toujours.

Mais même si ma copine ne veut pas de moi ainsi, je veillerai toujours sur elle. Personne ne lui fera jamais de mal sous ma surveillance.

"Laissez-moi appeler mon dépanneuse et lui demander de transporter votre voiture ici, puis j'y jetterai un coup d'œil."

Jessie jette un coup d'œil à l'horloge par-dessus mon épaule et se mord la lèvre. Cette chair rose juteuse qui cède sous ses dents comme un fruit mûr est presque suffisante pour me faire gémir, mais je me retiens même si je sens une goutte de liquide pré-éjaculatoire remonter le long de ma bite et bouillonner à partir du bout.

"Combien de temps pensez-vous que cela prendra ?"

"Pas trop longtemps", lui assure-je, mes yeux se tournant vers la petite Maggie. Je sais déjà pourquoi Jessie est nerveuse. Elle ne veut pas que le mari de sa meilleure amie découvre qu'elle s'est retrouvée bloquée sur le bord de la route avec sa fille. D'après ce que j'ai observé (je ne connais pas cet homme personnellement), il est trop protecteur envers sa femme et sa fille. Je ne peux pas dire que je lui en veux. Je serais pareil pour Jessie et notre enfant.

Mon cœur fait un bond dans ma poitrine à cette pensée alors que mes yeux parcourent Jessie, l'imaginant.

Je peux maintenant voir le ventre de Jessie arrondi avec mon enfant, la belle lueur qu'elle aurait en portant notre bébé en elle.

Le regard jaloux sur le visage de chaque homme quand ils voient son ventre gonflé et réalisent que c'est moi qui ai mis ma semence en elle.

Moi et personne d'autre.

k gonfle encore plus fort dans mon pantalon. Si cela devient plus difficile, je pourrais m'évanouir à cause du manque de flux sanguin vers mon cerveau.

Le téléphone de Jessie sonne et un air paniqué apparaît sur son visage lorsqu'elle regarde qui appelle.

Ce sont sans doute les parents de la petite fille. Ils se demandent probablement où est leur enfant.

"Euh, ouais", balbutie Jessie. "Eh bien, vous voyez, nous avons rencontré un petit problème."

Jessie grimace et éloigne le téléphone de son oreille alors que le père de la fille semble perdre sa merde.

La seule raison pour laquelle je ne l'écorche pas vif pour avoir parlé à ma copine de cette façon, c'est parce que je sais qu'il ne veut aucun manque de respect et qu'il est complètement amoureux de sa femme, la meilleure amie de Jessie.

Sinon, ce serait un homme mort.

"Très bien", souffle finalement Jessie. "Je suis chez le mécanicien du maire."

Jessie regarde la petite fille qui s'accroche à sa main lorsqu'elle raccroche.

"Son père est sur le point de venir la chercher", me dit-elle. "Ce qui est probablement le mieux. Elle est probablement prête à rentrer à la maison."

Maggie bâille d'un air endormi, confirmant le résumé de Jessie.

À ce moment-là, mon remorqueur arrive avec la voiture de Jessie.

Je le guide dans ma boutique, sentant les yeux de Jessie observer chacun de mes mouvements.

Je suis hyper conscient de sa présence. Chaque cellule de mon corps est rasée sur elle, mais j'essaie d'agir normalement et de faire mon travail.

J'essaie de ne pas m'impliquer lorsque Jon fait irruption dans mon magasin, ses yeux scrutant frénétiquement les environs à la recherche de sa fille.

Il tourne un regard accusateur vers Jessie et je me tends.

Je comprends peut-être la surprotection de ce gars, mais cela ne veut toujours pas dire que je le laisserai lui parler de n'importe quelle manière.

Alors, il ferait mieux de se surveiller.

Heureusement pour lui, il règne en maître et je n'ai pas besoin de l'assassiner. Il lui propose même de la raccompagner chez elle, mais elle refuse.

Ma fille est trop fière pour l'accompagner après qu'il lui ait ébouriffé les plumes, et je suis content qu'elle ne le fasse pas.

Le gars est peut-être marié, mais cela ne veut pas dire que je le veux seul avec ma Jessie.

Tout le monde l'appelle Posh, mais pour moi, c'est Jessie. Parce que je la vois vraiment. Celle qu'elle cache à tout le monde.

Et je vais lui montrer qu'elle n'a pas à se cacher de moi. Elle peut toujours être elle-même avec moi et je prendrai soin d'elle.

J'emmerde son père. Je suis le seul papa dont ma fille aura jamais besoin.

Je cligne des yeux, surpris par la tournure prise par mes pensées, mais merde. La réalisation que c'est exactement ce que je veux être pour elle m'envahit.

Je n'ai jamais été dans des conneries particulièrement perverses, mais quelque chose s'installe en moi.

Ouais, je serai tout le papa dont Jessie Cunningham a besoin.

Quand j'en aurai fini avec elle, Jessie sera à moi.

Coeur, esprit, corps et âme.

Tout comme je suis à elle.

Elle ne le sait tout simplement pas encore.

Et c'est pour ça que je suis un salopard de toutes sortes qui ment sur le temps qu'il me faudra pour réparer sa voiture.

Après avoir fermé le capot, je m'essuie les mains avec un chiffon et me tourne vers elle. "Je vais devoir le garder au moins une semaine."

Le visage de Jessie tombe. "Une semaine?"

J'acquiesce. "J'en ai bien peur, poupée."

Elle mordille à nouveau sa jolie lèvre charnue.

"Que vais-je faire sans ma voiture pendant une semaine ?"

Je saute sur l'occasion. "Je peux t'emmener partout où tu as besoin d'aller."

Ses yeux se tournent vers moi avec surprise. « Vraiment ? Cela ne vous dérange pas ?

Je ris presque. Esprit? Une excuse pour être si proche de mon obsession est comme un rêve humide devenu réalité.

"Pas du tout, ma belle."

Le visage de Jessie s'échauffe alors qu'elle me sourit timidement et mon sang coule sous ma peau.

Jessie Cunningham, tu es à moi.

CHAPITRE 3

Chic

je garde cueillir des regards chez Billy. Il me ramène chez moi – en voiture cette fois.

Une partie de moi aurait aimé qu'il prenne le vélo parce qu'alors je serais derrière lui, les bras enroulés autour de lui. J'aurais une excuse pour presser mon corps contre le sien et sentir son odeur.

Mon Dieu, ça me donne l'air d'une vraie chair de poule.

Mais là encore, une autre partie de moi est heureuse que nous ayons pris la voiture parce que je peux continuer à regarder son visage.

J'adore son visage.

C'est le gars le plus beau que j'ai jamais vu. Tout chez lui est tellement... Je ne sais pas.

Mais ça fait appel à quelque chose en moi.

Je pourrais volontiers m'asseoir à côté de Billy pour le reste de ma vie.

Cette pensée devrait m'effrayer, mais ce n'est pas le cas.

Cela me fait me sentir au chaud et en sécurité, comme si c'était là que j'appartenais.

Nous discutons sur le chemin de mon appartement. Je ne peux même pas vous dire exactement de quoi nous parlons car nous parlons de tout et de rien.

J'ai l'impression de le connaître depuis toujours. Il semble me comprendre plus que quiconque que j'ai jamais connu, à part ma meilleure amie, Whitney.

C'est comme si quand Billy me regardait, il me voyait vraiment. Jessie Cunningham, pas Posh.

C'est pourquoi, lorsque nous arrivons enfin à mon appartement et que Billy jette la voiture dans le parking, je ne suis pas prêt à ce que cela se termine.

"Voulez-vous entrer ?" Je laisse échapper avant de pouvoir perdre mon sang-froid.

Billy a l'air surpris, mais ensuite ses yeux prennent un regard passionné alors qu'ils me regardent. "J'adorerais, poupée."

Mes joues s'échauffent à cause de cette affection et je décide que je n'aimerai jamais rien de plus que d'entendre Billy Mayor m'appeler « poupée ».

"J'adore quand tu fais ça", dit soudain Billy, la voix rauque.

Mon cœur bat dans ma poitrine alors que je le regarde, ma gorge soudainement sèche. "Faire quoi ?"

Il tend la main et passe son pouce sur ma joue. "Quand tu rougis comme ça pour moi."

Je ne peux pas parler. Tout ce que je peux faire, c'est le regarder pendant qu'il continue de me caresser la joue, son regard parcourant mon visage comme s'il voulait le mémoriser.

Est-ce réel? Est-ce que cela peut vraiment arriver ?

Je regarde ses yeux bleus qui me brûlent plus fort que n'importe quelle flamme.

Nous restons là à nous regarder, lui caressant ma joue si tendrement jusqu'à ce qu'il prenne enfin une inspiration tremblante et s'éloigne de moi, laissant tomber sa main.

"Bon sang," murmura-t-il.

Mon visage s'éclaire encore plus et je me tourne pour ouvrir ma porte, soudain embarrassé et me demandant si j'ai fait quelque chose de mal. Bon sang, j'avais probablement l'air d'un idiot juste là, à le regarder. Étais-je censé faire quelque chose ? Dire quelque chose?

Je ne sais pas parce que malgré toutes mes discussions, je n'ai jamais vraiment été avec un mec. Je suis peut-être un flirt éhonté, mais je ne connais absolument rien du sexe opposé à part ce que j'ai lu dans les livres.

Nous rentrons tranquillement dans le bâtiment, je déverrouille la porte de mon appartement et entre.

"Voulez-vous boire quelque chose?" Je propose, soudain encore plus nerveux.

Il hoche la tête. "Ouais, une bière serait bien."

J'acquiesce et me dirige vers ma petite cuisine pour nous prendre deux bières. Je lui en tends une et prends une gorgée de la mienne, mon regard se posant sur le sien.

J'ai l'impression que je suis sur le point de vibrer hors de ma peau. Je suis tellement nerveux que je ne sais pas quoi faire de moi-même, ce qui est étrange parce que je ne suis jamais nerveux.

Mais Billy me fait quelque chose d'inexplicable.

Billy pose sa bière et se dirige vers moi, son expression s'assombrissant de désir. Sans un mot, il pose sa main autour de ma taille et m'attire vers lui. Je halète, sentant mon corps rougir de chaleur alors qu'il se penche plus près de moi.

"Je ne peux plus attendre", murmure-t-il d'une voix basse et rauque. "J'ai besoin de toi, poupée."

Mon cœur fait un bond hors de ma poitrine à ses mots. Est-ce qu'il dit vraiment ce que je pense qu'il dit ?

Avant même que je puisse répondre, il capture mes lèvres dans un baiser brûlant. Sa bouche est chaude et exigeante, sa langue s'emmêle avec la mienne. Je gémis dans sa bouche, mes mains agrippées à ses épaules alors qu'il me rapprochait de lui.

Il rompt le baiser et me regarde avec des yeux sombres. "J'ai besoin de toi", répète-t-il, la voix pleine de désir.

J'acquiesce, ressentant un soudain élan de courage. Je veux ça aussi. Je le veux.

Il me prend dans ses bras sans effort et me porte vers ma chambre, ses lèvres traînant des baisers le long de mon cou et de ma clavicule. Je laissai échapper un soupir, sentant mon corps palpiter de plaisir à son contact.

Lorsque nous atteignons mon lit, il m'allonge doucement, ses yeux ne quittant jamais les miens. Il enlève sa chemise, révélant sa poitrine tonique et musclée. Je ne peux m'empêcher de regarder la chaleur s'accumuler entre mes jambes.

Il se penche et capture mes lèvres dans un autre baiser, ses mains parcourant mon corps pour retirer mes vêtements. Je suis nue sous lui, me sentant vulnérable et exposée, mais aussi incroyablement excitée.

"Tellement parfait, tout comme je savais que tu le serais", dit-il alors que son regard se promène sur moi avant de me lécher et d'embrasser chaque centimètre carré de moi.

Je sens ses mains trembler alors qu'elles glissent sur ma peau, et les miennes aussi lorsque je le touche en retour, m'émerveillant des cordes musculaires ondulant sur ses bras et sa poitrine.

"Putain, Jessie", gémit-il finalement en enlevant son pantalon.

Je halète en observant sa longueur et sa circonférence. L'homme est plus que bien doté.

Sa queue est droite et dure avec de l'humidité suintant du bout. Ses veines sont prononcées, et je peux je le vois pratiquement battre.

Mon propre sexe palpite en réponse.

Il s'installe sur moi. Je sens sa pointe piquer à mon entrée, mais il ne me pénètre pas encore.

Au lieu de cela, il prend mon visage entre ses énormes mains et me regarde dans les yeux.

"Tu es à moi à partir de ce moment. Me comprends-tu, Jessie ?"

Je fond sous lui en hochant la tête.

"Non, je le pense vraiment, bébé. Une fois que je suis en toi, c'est tout. Je ne fais pas partie de ces gars qui peuvent faire les choses à moitié. Toi. L'es. Le mien. Je ne te laisserai jamais partir. Tu comprends ce que je te le dis ?"

Mon cœur fait un bond. Billy a un regard à moitié fou dans les yeux, et peut-être que je suis fou aussi d'aimer ça.

C'est comme il est obsédé par moi, et je sens une lueur chaleureuse commencer en moi.

Je veux qu'il soit obsédé par moi.

Je veux qu'il me veuille.

Moi et seulement moi.

Je lève la main et prends son visage dans mes mains comme s'il avait le mien pendant que je murmure. "Oui, je comprends. Je suis à toi, Billy."

Il émet un bruit étrange, puis il plonge en moi sans prévenir.

Je halète sous la piqûre de cette intrusion soudaine. Il gémit et s'immobilise, me laissant le temps de m'adapter à lui. "Oh putain, oh putain, oh putain", scande-t-il avant de commencer à déposer des baisers sur mes joues, mes yeux, mon front.

Il me fait me sentir précieux et adoré.

Il passe ses mains sur ma tête et sur mes bras, me touchant avec révérence, comme s'il m'adorait.

"Ma magnifique fille. Tellement parfaite. Le petit ange parfait de papa."

Ma chatte se serre autour de lui quand il s'appelle ce mot interdit. Cela me choque, mais je ne peux pas dire que je n'aime pas ça.

Non, à en juger par l'humidité qui inonde mes jambes, j'adore ça.

Et je ne sais pas pourquoi.

"Oui," siffle-t-il en plaçant ses mains dans mes cheveux et en capturant mes yeux avec les siens. "Tu aimes ça, n'est-ce pas, bébé ? Tu aimes que je m'appelle ton papa ? Ça rend cette petite chatte parfaite si humide, n'est-ce pas ?"

Tout ce que je peux faire, c'est gémir en réponse, et le son doit pousser Billy à bout car il émet un autre son étranglé, puis il commence à entrer et sortir de moi.

Je ferme les yeux et crie, mon dos se cambrant alors que sa queue frappe chaque nerf sensible à l'intérieur de moi.

Quand je commence à lui griffer le dos, il pousse plus profondément et plus vite. "Encore plus, papa", je le supplie contre ses lèvres, mes mains agrippant son cul musclé.

"Oh putain, Jessie, bébé", grogne-t-il alors qu'il redouble d'efforts, me frappant encore plus fort et plus vite qu'avant.

Je peux sentir mon orgasme monter lentement à chaque poussée, mes muscles se resserrer à chaque mouvement de ses hanches. Il grogne et pousse plus fort, augmentant le rythme à chaque seconde.

"Ne t'arrête pas", je murmure, la tête qui tourne de plaisir. "Ne t'arrête pas, papa."

Il grogne, les yeux vitreux de besoin. Il est sur le point de perdre le contrôle, tous les muscles de son cou sont tendus.

"Tu veux que papa te donne tout ce qu'il a, petite fille ? Hein ?" il grogne.

"Mmm-hmmm", je gémis en levant mes hanches vers lui.

"Putain", grogne-t-il alors que ses poussées deviennent brutes et féroces, presque violentes. Mon orgasme survient sans avertissement, mon dos se cambrant tandis que ma chatte se serre étroitement autour de sa queue.

Je gémis bruyamment, mon corps tremblant de plaisir. "Billy", je murmure, la voix haletante. "Oh mon Dieu, Billy."

"Appelle-moi papa", ordonne-t-il en me saisissant le cou. "Appelle-moi papa quand je te casserai ce gros cinglé.

Cela envoie une nouvelle vague de plaisir s'abattre sur moi.

"Papa !" Je crie alors que mon prochain orgasme s'abat sur moi comme un raz-de-marée.

"Fuuuuck", rugit-il, puis il jouit aussi. Sa bite a des spasmes à l'intérieur de moi, ses muscles se contractent alors qu'il déverse son sperme chaud dans ma chatte humide.

Il m'embrasse profondément, enroulant ses bras autour de mon dos et me soulevant presque du lit avec son baiser.

Je prends une longue inspiration, mon cœur battant dans ma poitrine.

"Je t'aime", murmure-t-il, ses yeux rivés sur les miens. "Je t'aime de toute mon âme. Je t'aimerai jusqu'au jour de ma mort et cent ans après."

Mon âme prend son envol. Cela pourrait être rapide, mais je m'en fiche. Je sens la vérité de ses paroles s'installer en moi et je ne peux pas nier ma propre vérité.

"Je t'aime aussi", je murmure en retour.

La bite de Billy est toujours dure en moi, et je la sens sursauter à ma confession.

Il prend à nouveau mon visage en coupe, ses yeux flamboyants dans les miens alors qu'il affirme à nouveau : "Je t'aime tellement, putain. Tu ne comprendras jamais vraiment à quel point, Jessie."

Je ne discute pas avec lui. Au lieu de cela, j'attrape sa nuque et le tire vers le bas pour l'embrasser, essayant de lui communiquer avec mes lèvres ce que je n'arrive pas à mettre en mots.

Et maintenant, je suis extrêmement reconnaissant que ma voiture de merde soit tombée en panne sur le bord de la route.

Je ne sais pas comment je vivais ma vie avant Billy, et je sais maintenant que je ne veux plus jamais vivre sans lui.

CHAPITRE 4

Gamelle

Je ne sais pas comment j'ai vécu ma vie sans Jessie. La regarder de loin toutes ces années a été une torture douce-amère, et maintenant que je sais ce que c'est que d'avoir son soleil dans ma vie, je ne pourrai plus jamais la regarder depuis l'ombre.

Je n'essaie pas d'être dramatique ou poétique ici, mais je ne peux vraiment pas imaginer revenir à mon ancienne vie.

C'est comme si je voyais tout en noir et blanc avant.

Désormais, tout est en technicolor vif.

Je sais que nous avançons vite, mais cela semble toujours bien.

Je sais que Jessie ressent la même chose que moi.

Je sais aussi que dans cette situation, je suis plutôt foutu.

Je ne sais pas ce que je ferais si elle me disait qu'elle avait besoin de « faire une pause ». Je n'ai jamais voulu que quelqu'un reste dans ma vie plus que je ne veux que Jessie reste dans ma vie.

Mon obsession pour elle a atteint un nouveau niveau. Maintenant que je la tiens dans mes bras, je ne peux plus revenir en arrière.

Je suis fou quand il s'agit d'elle. Je regarde tous les hommes qui la regardent. J'emmerde tous les autres hommes. Je ne veux même pas qu'ils la regardent.

Elle est à moi.

Le mien, le mien, le mien.

Même maintenant que j'ai réparé sa voiture, je l'emmène toujours partout, et Dieu merci, elle est d'accord avec ça. Je la conduis à son travail dans le studio de design d'intérieur où elle travaille. Elle travaille comme assistante du designer principal, mais je sais que Jessie aspire à prendre elle-même les devants un jour.

Je veux réaliser tous ses rêves, et j'économise la plupart de mon argent depuis des années pour me préparer à y parvenir.

J'attends juste le bon moment pour dire à ma fille que son père a tout ce dont elle a besoin pour créer sa propre entreprise de design d'intérieur.

Elle peut être sa propre patronne et elle fera des merveilles. Je le sais juste. J'ai confiance en ma fille.

Je dois dire que l'un de mes moments préférés de la journée est celui où j'attends pour venir la chercher après le travail. J'aime voir la façon dont son visage s'illumine quand elle me voit.

J'aime la façon dont elle essaie de marcher comme une adulte, mais ensuite elle ne peut pas s'en empêcher et finit par sprinter jusqu'au bout et sauter directement dans mes bras comme la fille à papa qu'elle est.

C'est pourquoi j'attends toujours devant la voiture, appuyé contre elle. Je n'aime rien de plus que de la prendre dans mes bras et de sentir ses jambes s'enrouler autour de moi alors que je réclame ses lèvres dans un baiser comme si je ne l'avais pas embrassée depuis un an.

Mais c'est toujours comme ça chez nous. Nous pouvons faire l'amour le matin et l'après-midi, nous avons déjà à nouveau faim l'un de l'autre.

Il y a de nombreuses fois où nous avons à peine réussi à monter dans la voiture avant qu'elle ne chevauche mes genoux et chevauche ma bite comme si elle était la cow-girl vedette d'un spectacle de rodéo.

Jessie court vers moi maintenant, l'air encore plus excitée que d'habitude.

Un sourire maladroit envahit mon visage alors qu'elle saute dans mes bras et couine.

"Devinez quoi, devinez quoi, devinez quoi ?" jaillit-elle en parsemant mon visage de baisers.

Je ris en la tenant près de moi. "Quoi, poupée ?"

"On m'a proposé un nouvel emploi !" elle couine. "Mike va me donner une promotion. Il veut juste que je le rencontre pour le dîner ce soir pour examiner les détails et voir mon portfolio sur lequel j'ai travaillé toutes ces années."

Je veux être heureux pour elle, mais je me tends instantanément. Mike est l'un des hauts responsables de l'entreprise pour laquelle elle travaille, et je n'ai pas aimé ce connard à vue.

Pourquoi ?

Parce que toutes ces années, il a convoité ma Jessie. Je vois la façon salace dont il la regarde, et ma Jessie ne sait pas que la seule raison pour laquelle elle n'a pas eu cette opportunité auparavant était à cause de moi.

J'ai délibérément fait tout ce que je pouvais pour éloigner ce connard de ma copine.

Mais maintenant, il a enfin réussi à essayer de se rapprocher d'elle, et je n'y parviens pas.

Sur mon cadavre.

Mais comment dire ça à Jessie sans avoir l'air d'un salaud contrôlant ?

Je pose lentement Jessie sur le sol et elle lève les yeux vers moi, sentant instantanément que quelque chose ne va pas.

"Qu'est-ce que c'est ?" me demande-t-elle.

"Je ne sais juste pas si c'est une bonne idée, poupée."

Son visage tombe et elle recule d'un pas. "Quoi ? Pourquoi pas ? Tu sais à quel point j'ai travaillé dur et à quel point j'avais envie d'une pause comme celle-ci. Comment n'es-tu pas content pour moi ?"

Je déteste la douleur que je vois sur son visage, et je déteste encore plus savoir que c'est moi qui ai lancé ce regard, alors je décide d'y aller par honnêteté.

"Jessie, bébé, ce connard de Mike ne veut que dans ton pantalon."

Le corps tout entier de Jessie se raidit instantanément. « Alors, vous ne pensez pas que mon travail est assez bon pour que je sois promu uniquement sur la base du mérite ? Si un homme me promeut, c'est uniquement à cause de mon corps, n'est-ce pas ?

Je passe une main sur mon visage. "Jésus," je marmonne, "ce n'est pas du tout ce que je voulais dire, Jessie. Comment peux-tu penser ça ?"

Mais elle ne m'entend pas. Elle secoue la tête et s'éloigne de moi. "Je n'ai pas besoin d'être accompagné aujourd'hui, Billy. En fait, ce serait peut-être bien pour nous de calmer un peu les choses."

La panique surcharge instantanément mon système. Je fais un pas vers elle. "Jessie, maintenant attends une minute. Ne réagissons pas de manière excessive. Tu ne m'écoutes pas. Ce n'est pas du tout ce que je voulais dire, bébé."

Mais elle s'éloigne déjà de moi.

Je cours derrière elle et la fait pivoter pour me faire face. Ma voix est désespérée, mais je m'en fous. Cela ne sert à rien de lui cacher ce que je ressens.

Elle est tout pour moi.

"Tu te souviens de ce que je t'ai dit la première fois que nous étions ensemble ? Tu seras à moi, Jessie. Pour toujours. Je ne te laisserai jamais partir."

Mon cœur se brise lorsque Jessie ne veut pas croiser mon regard alors qu'elle s'éloigne de moi et prononce les mots que je redoutais. "J'ai juste besoin d'un peu de temps, Billy. Si tu m'aimes vraiment, tu respecteras ça. Je ne t'ai jamais rien demandé, mais je te le demande maintenant."

Je raffermis ma mâchoire tandis que je la regarde. Elle ne me regarde toujours pas, et je sais très bien pourquoi.

C'est parce qu'elle ne peut pas. Parce qu'elle sait au fond que c'est mal. Nous ne sommes pas censés être séparés.

Mais comment puis-je réfuter ses propos ? Si je m'impose à elle maintenant, elle pourra toujours dire que je ne lui ai pas laissé le choix.

Alors, je ne dis plus un mot. Au lieu de cela, je reste simplement là et je la regarde rentrer dans le bâtiment, emportant mon cœur et mon âme avec elle.

Si elle veut une pause, je lui en donnerai un semblant.

Mais je serai toujours là.

Elle ne se débarrasse jamais de moi.

Quand elle appelle, son papa accourut.

CHAPITRE 5

Chic

Les larmes me montent aux yeux alors que je retourne dans le bâtiment dans lequel je travaille. Inutile de rentrer à la maison avec Billy. Je ferais aussi bien de rester ici jusqu'à ce qu'il soit temps de rencontrer Mike pour le dîner.

Cela me fait mal que Billy n'ait pas plus confiance en mes compétences en décoration d'intérieur. De toutes les personnes, c'est la seule personne qui, je pensais, croyait en moi.

J'essaie d'ignorer la douleur dans ma poitrine alors que je me prépare pour le dîner. Je passe en revue mon portfolio et y apporte quelques modifications de dernière minute pour m'assurer de présenter mon meilleur travail.

Je ne peux pas penser à Billy. Pas maintenant.

Je prends un taxi jusqu'à l'endroit où je suis censé rencontrer Mike.

Je veux paraître confiant et professionnel, mais je ne peux pas être aussi confiant lorsque mon esprit est rempli de pensées sur la façon dont Billy me regardait.

La douleur et l'inquiétude dans ses yeux.

J'entre dans le restaurant et repère instantanément Mike. Il me sourit et quelque chose dans son regard me donne la chair de poule.

J'essaie de me débarrasser de ce sentiment. C'est probablement juste Billy qui entre dans ma tête.

"Posh", me salue Mike, et j'ignore la douleur d'entendre mon surnom.

Je me suis tellement habitué à ce que Billy m'appelle par mon vrai nom. Si je romps vraiment avec Billy pour de bon, est-ce que j'entendrai un jour quelqu'un m'appeler autrement que Posh ? Est-ce que quelqu'un réapparaîtra vraiment un jour ?

Mais là encore, je pensais que Billy m'avait vu, mais il ne pensait pas que mon travail était assez bon pour que j'obtienne une promotion. Il pense que tout dépend de mon corps.

"Allez, nous avons une table", me dit Mike. Il enroule son bras autour de mon épaule, mais je panique et je l'évite.

Je ne suis peut-être pas contente de Billy pour le moment, mais cela ne veut pas dire que je veux qu'un autre homme me touche.

Je regarde autour de moi alors que nous entrons, profitant de l'ambiance discothèque de l'endroit. Mon estomac tombe. Ce n'est pas un restaurant standard. En fait, ce n'est pas le genre d'endroit où j'imagine que de nombreuses réunions d'affaires se déroulent.

Cela semble aussi... minable.

"Alors, Posh, parle-m'en plus sur toi", dit Mike, les yeux rivés alors que nous nous installons dans nos sièges.

"A propos de mon travail, tu veux dire", je le corrige en sortant mon portfolio.

Mike agite la main avec dédain. "Oui, oui, peu importe ce dont tu veux parler, bébé."

Je grince des dents devant ce surnom. Billy ne m'appelle jamais "bébé". C'est toujours "poupée" ou "bébé", et je n'aime pas la façon dont ça sonne venant de Mike.

Je sors mon portfolio et le fais tourner pour le lui montrer. Je feuillette quelques pages, expliquant mon raisonnement derrière certains des designs que j'ai choisis, en faisant de mon mieux pour mettre en valeur mes compétences.

Mais Mike ne regarde pas mes créations.

Je sens son regard sur moi, et quand je lève les yeux et croise son regard, mon cœur se serre.

Il me regarde comme si j'étais au menu ce soir.

Billy avait raison.

Mon Dieu, je suis tellement idiot.

Je ne vais pas obtenir une promotion en dormant jusqu'au sommet.

Comme s'il lisait dans mes pensées, Mike sourit. "Non, je ne pense pas avoir envie de parler de ton travail, Posh. Ou du moins, pas encore." Il se penche en avant, ses yeux passant de mon visage à mes seins, puis plus bas. Il regarde mon corps lentement et intensément, et je ne peux m'empêcher de me tortiller sur mon siège.

J'essaie d'apaiser la peur qui bouillonne en moi.

Ce n'est pas comme s'il allait me jeter contre le mur et m'arracher mes vêtements.

J'aurais aimé que Billy soit là. Il rendrait tout cela meilleur. Je m'en fiche s'il ne croyait pas en moi.

J'ai besoin de lui.

Les larmes me montent aux yeux et je me lève. "C'était une erreur", je murmure, mais la main de Mike se lève et s'enroule autour de mon poignet comme une chaîne.

Et c'est à ce moment-là que l'enfer se déchaîne.

Soudain, Billy est là. Je ne sais pas d'où il vient, mais il a fait sortir Mike de son siège plus vite que je ne peux cligner des yeux.

Billy se tient près de Mike, son visage à quelques centimètres de celui de Mike, et je peux voir le feu dans ses yeux alors qu'il le regarde. Mike recule, visiblement intimidé par l'explosion soudaine de Billy. Je sens mon cœur s'emballer et mon corps trembler. Je ne savais pas que Billy avait le courage d'être aussi violent. Pendant un moment, j'ai peur de lui, puis il se tourne vers moi et me prend la main, me tirant de mon siège.

"Allons-y, Jessie", dit-il d'une voix grave et apaisante, et je me détends instantanément en entendant prononcer mon vrai nom.

J'acquiesce, reconnaissant de sa présence. Dès que nous sortons dans l'air frais de la nuit, Billy me prend dans ses bras, me tenant près de lui. Je peux sentir sa poitrine se soulever et s'abaisser contre la mienne, et je ferme les yeux, savourant la chaleur de son étreinte.

"Je suis désolé, Jessie, bébé", me murmure-t-il à l'oreille. "Je suis vraiment désolé. Je n'aurais pas dû te laisser m'éloigner. Je le savais." Sa voix se brise. "Je savais, et ce n'est pas que je ne croyais pas en toi, chérie. C'est juste que je savais ce qu'il cherchait. Je suis désolé de ne pas avoir été là pour toi quand tu avais besoin de moi."

Je secoue la tête, les larmes coulant sur mon visage. "Ce n'est pas ta faute, Billy," dis-je, ma voix étranglée par l'émotion. "J'aurais dû savoir qu'il ne fallait pas faire confiance à Mike. J'aurais dû te faire confiance, et tu étais là quand j'avais besoin de toi. Si tu n'étais pas venu quand tu..." ma voix se prend dans un sanglot alors que ce qui aurait pu arriver finalement. frappe moi.

"Chut," Billy me fait taire. "N'en parle pas, bébé. Je suis là maintenant, et je te jure que personne ne te fera jamais de mal, chérie."

Il se recule pour me regarder, ses mains prenant mon visage en coupe. "Tu n'es pas obligé de faire ça seule, Jessie", dit-il d'une voix basse et intense. "Je suis là pour toi. Toujours. C'est pourquoi je voulais te le dire... J'attendais le bon moment pour te le dire."

Je me recule et le regarde.

Il prend une profonde inspiration avant de se lancer : "Je te traque depuis des années, poupée. Depuis que tu as seize ans, je suis amoureux de toi. Je savais alors que tu étais la seule fille pour moi. J'ai attendu tout ce temps, et puis quand ta voiture est tombée en panne du côté du monde, c'est comme si l'univers avait parlé. Il était temps pour moi de me présenter à toi.

"Et maintenant que je sais à quel point c'est incroyable d'avoir ta vraie présence dans ma vie, je ne peux pas imaginer ma vie sans toi. J'ai économisé presque tout ce que j'ai fait toutes ces années pour notre vie ensemble. Je Je sais que tu as grandi dans une vie de luxe, et je ne sais pas si je pourrai un jour te donner ce à quoi tu es habitué, mais je suis vraiment prête à essayer, bébé. " J'ai les doigts jusqu'aux os. Je ferai tout ce que tu veux que je fasse si tu veux juste être ma femme. "

"Je veux tout avec toi. La vie, les enfants, l'enfer, même un chien si tu veux. Et je veux réaliser tous tes rêves. J'ai de l'argent de côté juste pour que tu puisses démarrer ta propre entreprise, bébé. ... Et ce n'est pas parce que je ne crois pas en toi mais parce que je le fais.

"Tu es incroyable, Jessie. Je ne connais pas grand-chose en décoration d'intérieur, mais même moi, je peux voir que tu es la meilleure et que tu mérites tout ce que ton cœur veut et plus encore. Tu n'auras plus jamais à travailler un autre jour de ta vie. " Si tu ne veux pas. Tu sais que ton papa prendra toujours soin de toi, mais si faire ça te rend heureux, alors je te soutiendrai jusqu'au bout. "

Tout ce que je peux faire, c'est regarder Billy, bouche bée après son monologue. De nouvelles larmes me montent aux yeux, mais cette fois, ce ne sont pas des larmes, ni de la tristesse, ni autre chose que du bonheur.

Je me penche contre lui, enroule mes bras autour de son cou et l'embrasse férocement. La passion entre nous est palpable et je peux sentir la chaleur de son corps contre le mien. Il presse ses lèvres contre les miennes avec la même force, et je peux sentir ses bras se resserrer autour de moi, me tirant encore plus près.

Alors que nous nous séparons, je le regarde avec tout l'amour que je ressens dans mon cœur. Je ne peux pas croire que j'ai jamais douté de lui. Peut-être que je devrais être en colère contre sa confession selon laquelle il m'a observé toutes ces années. Peut-être que je devrais avoir peur.

Mais je ne suis pas.

Je t'aime.

J'adore le fait qu'il soit obsédé par moi.

"Comment ai-je pu avoir autant de chance ?"

Billy me rapproche encore plus, sa voix rauque d'émotion. "Je suis la chanceuse, Jessie. Et je ferai en sorte que tu sois toujours heureuse et qu'on prenne soin de toi, bébé. Je t'aime plus que tout au monde."

"Je t'aime aussi, Billy," je réponds, mon cœur se gonflant d'émotion.

Alors que nous nous embrassons à nouveau, je peux sentir le monde qui nous entoure fondre, ne nous laissant que tous les deux dans un tourbillon de passion et d'amour. C'est comme si nous étions les seuls habitants de la planète et que rien d'autre ne comptait que le lien que nous partageons.

"Merci, papa", lui dis-je.

Ses yeux s'échauffent alors qu'il me regarde. "Tout pour ma gentille petite fille."

Mon cœur s'emballe à la vue de son regard.

Je ne me lasserai jamais de voir cet air obsessionnel sur son visage.

Et je serai toujours sa gentille petite fille.

ÉPILOGUE

37

Un an plus tard

Gamelle

Je pose une main sur le ventre de femme enceinte, ma poitrine se gonflant de fierté.

Ouais, enfoirés, j'ai fait ça. J'ai baisé mon enfant dans son ventre, et vous pouvez tout manger votre cœur.

Nous sommes dans ma boutique et je vois tous les hommes jeter un coup d'œil à ma femme, même s'ils essaient de se faire discrets.

Je m'abstiens de les tuer parce qu'elle est dans mes bras, et elle a fait comprendre à tout le monde que j'étais son papa.

Je suis sûr que je suis partial, mais je pense que Jessie est encore plus belle pendant sa grossesse. Elle a vraiment une lueur de joie en elle, et je suis plus vorace pour elle maintenant que jamais.

Mais je pense que je serai toujours comme ça avec elle. Au lieu de me calmer, mon obsession pour elle ne fait que se renforcer chaque jour.

Ma bite devient dure en ce moment rien qu'en la regardant.

Elle relève la tête pour me sourire et je commence à avoir des fuites de liquide pré-éjaculatoire.

Et c'est exactement de cela dont je parle. Tout ce que Jessie a à faire, c'est de me sourire, et je suis prête à devenir folle.

Je suis fou de cette fille.

Jessie se penche derrière elle et passe ma bite à travers mon pantalon en cuir.

Je siffle et lui attrape la main, la tirant dans le garage où je garde ma moto verrouillée. Il n'y a personne d'autre ici et je ne peux plus attendre.

"Vilaine fille", je lui râle l'oreille alors que je la penche sur l'arrière de ma moto et remonte sa robe de maternité. "Je pense que ma petite fille veut que son papa la baise."

Je passe ma main entre ses jambes, ma tête tourne quand je découvre qu'elle ne porte pas de culotte.

"Oh putain, oui, tu le veux, n'est-ce pas, bébé ? C'est pour ça que tu ne portes pas de culotte. Je voulais t'assurer qu'il n'y avait rien entre papa et sa chatte, n'est-ce pas ?"

"Billy", gémit Jessie alors que je frotte son humidité tout autour de son clitoris, la caressant exactement comme je sais qu'elle aime. Ma fille adore quand je lui parle de manière grossière et je suis toujours prêt à lui donner ce qu'elle veut.

"C'est vrai", je grogne quand elle écrase son cul contre ma bite. "Tu aimes la bite de ton papa, n'est-ce pas, bébé ?"

Jessie gémit et se tortille contre moi pendant que je joue avec elle.

"Tu es tellement mouillée, ma méchante petite fille", je grogne en enfonçant deux doigts en elle. J'utilise mon autre main pour caresser son clitoris, et Jessie rejette la tête en arrière et gémit mon nom.

"Oui, Billy. Papa, s'il te plaît, baise-moi", gémit-elle, et j'adore le fait que je l'aie tellement excitée.

J'adore quand je peux la faire gémir, pleurer, crier et tout ce que je veux entendre.

"C'est ça, bébé. Papa va te baiser fort. Tu veux ça ? Tu veux que papa te donne ce dont tu as besoin ?"

"Billy, s'il te plaît", supplia-t-elle, la note désespérée de sa voix m'envoyant presque à bout.

Je tombe à genoux et la lèche par derrière, ma langue glissant le long des lèvres de sa chatte, léchant tout son doux nectar. Mon Dieu, j'adore son goût.

J'utilise mes doigts pour écarter ses lèvres et je commence à la lécher sans cesse, passant ma langue sur elle pendant qu'elle gémit mon nom encore et encore. Ses mains s'agrippent fermement à la selle du vélo pendant que je la lèche de tout ce que je vaux, prenant soin de ma petite fille pour qu'elle sache que plus que tout, je suis tout pour elle.

Ma bite est dure comme de la pierre et je meurs d'envie de la baiser. Ma bite est tellement dure que je peux sentir du liquide pré-éjaculatoire couler dessus. Cela suinte continuellement de mon bout, et j'ai les mains enroulées autour de mon sexe, le caressant de tout ce que je vaux pendant que je lèche l'incroyable chatte de ma femme.

Mais je dois arrêter parce que je sais que si je continue comme ça, je vais exploser.

Et je ne peux pas avoir ça parce que j'ai besoin de lui plaire. Je dois lui donner cette grosse bite de papa jusqu'à ce qu'elle jouisse si fort sur moi qu'elle ne puisse plus voir clairement.

"Bonne fille", je la félicite en la poussant vers l'avant jusqu'à ce qu'elle se penche sur le vélo. "La petite fille de papa est si obéissante envers lui. Tu veux que papa te penche et te baise, n'est-ce pas ?"

Elle hoche sauvagement la tête et je lui tiens le cul d'une main pendant que je positionne ma bite de l'autre.

"Papa s'apprête à te donner ce que tu demandes. Es-tu prêt pour la bite de papa ?"

"Oui", gémit-elle. "S'il te plaît, Billy, donne-moi ta bite."

Je ne perds pas de temps car je veux sentir ma bite s'enfoncer en elle le plus loin possible. J'enfonce lentement ma bite en elle et commence à la baiser.

Je veux venir en même temps qu'elle.

Quand je suis complètement entré, je le maintiens là avant de commencer à me retirer lentement. Je reviens à l'intérieur, le retenant là avant de me retirer. Elle gémit en griffant le siège. Putain, c'est une fille tellement bien pour moi.

Je continue à la baiser lentement, mes mains agrippant ses hanches, les faisant rouler d'avant en arrière pendant que je plonge encore et encore. Mes deux mains vont vers ses fesses et j'écarte largement ses joues alors que je plonge en elle. J'adore regarder ma bite entrer et sortir d'elle. Je peux voir son jus couler sur ma bite, et c'est la chose la plus érotique au monde.

Mes couilles claquent contre sa chatte et je la sens se resserrer autour de ma bite. Je sais qu'elle est proche. Elle est si proche qu'elle tremble, et je peux la sentir venir sur moi alors qu'elle crie, alternant entre mon nom et « papa ».

J'adore ça. Je suis le seul à pouvoir lui faire ressentir cela.

"La mienne", je grogne en la frappant plus fort.

Elle gémit plus fort et j'accélère, la baisant de plus en plus vite. C'est tout ce que je peux faire pour me retenir parce que je veux la remplir de mon sperme. Je veux pénétrer au plus profond de ma petite fille, mais je ne veux pas qu'elle sente le sperme quitter ma bite pour l'instant. Je veux sentir sa chatte m'agripper pendant que mon sperme s'infiltre dans son petit trou serré.

Quand je sens sa chatte se resserrer autour de moi, je me permets enfin de lâcher prise.

Je tiens fermement ses hanches alors que je fonce en elle une dernière fois, jetant ma tête en arrière et rugissant alors que ma libération commence à remonter le long de ma tige.

Je sens sa chatte traire ma bite, et elle crie mon nom et m'appelle papa alors que je commence à vider ma charge directement en elle.

Elle gémit et tremble, et ma bite continue d' avoir des spasmes en elle, jetant corde après corde en elle jusqu'à ce qu'elle coule le long de nos jambes entre nous.

Putain. Heureusement qu'elle est déjà enceinte, sinon cette charge l'aurait sûrement mise en cloque.

Quand je me retire enfin d'elle, je fais attention à la rattraper avant qu'elle ne tombe.

Je la serre dans mes bras et l'embrasse doucement sur le front.

"Je t'aime, Jessie. Tu es tout pour moi, tu le sais ?"

"Oui, papa", me sourit-elle comme un chaton content, et ma poitrine se gonfle.

Ma petite fille parfaite. Ma femme. Ma vie. Mon amour. Mon tout.

Merci beaucoup d'avoir choisi de lire "Obsédé par elle".

Merci beaucoup d'avoir choisi de lire "Obsédé par elle". J'espère que vous avez aimé suivre l'histoire d'amour passionnée et interdite de ce livre. J'espère que vous avez été ému, touché et même inspiré par son histoire.

Si vous avez aimé "Obsédé par elle", merci de laisser un commentaire honnête sur la boutique en ligne où vous avez acheté le livre. Vos commentaires sont très importants pour moi, car ils m'aident à améliorer mon écriture et à mieux comprendre ce que vous aimez dans mes histoires.

Si vous voulez découvrir plus de mon travail, ne le manquez pas :

"Piégé par elle : la personne qu'il voulait blesser s'est avérée être la seule à avoir touché son cœur".

Il espérait l'utiliser et rebondir. Après tout, il ne s'agissait pas d'amour, mais de vengeance. Mais celle qu'il voulait blesser s'est avérée être la seule qui ait jamais touché son cœur. Aujourd'hui, il se retrouve face à un dilemme, pris entre le marteau et l'enclume.

Soit il trahit la mémoire de son père décédé en n'accomplissant pas la vengeance qui mettrait l'autre homme au repos. Ou bien il trahit la femme qu'il considérait comme la sienne.

Keith ne se doute pas que le bel inconnu qui l'a séduite a une arrière-pensée. Pour elle, c'est le coup de foudre. Elle a regardé ses yeux souriants et les fossettes sur ses joues et son cœur a battu la chamade.

Mais elle est prête à parier que son lendemain de veille surpasserait tout ce qui a été enregistré. Enfin, des lendemains, beaucoup, beaucoup de lendemains.

C'est le temps qu'il a fallu à Douglas pour lui dire la vérité. Après leur première nuit ensemble, il n'osait pas atténuer la lumière dans ses yeux, mais le temps pressait et il n'avait pas le choix.

Va-t-elle lui pardonner ce qu'il a fait, ou sont-ils destinés à vivre leur vie en sachant que celle qu'ils aiment vraiment s'est enfuie ?

"Le n° 1 des connards: il ne cherche pas d'excuses pour ce qu'il est ou ce qu'il fait."

J'aime les femmes. J'aime baiser. Je ne rappelle pas, je ne prends pas les numéros ! Je ne baise pas une fille deux fois, parce qu'après une fois, je n'ai plus d'intérêt.

Je ne cherche pas d'excuses pour ce que je suis ou ce que je fais. Je suis un trou du cul.

En fait, c'est le roi des connards, et c'est tout à fait approprié parce que je suis Steve Binsin, et je n'aime pas. Puis elle est arrivée, et maintenant je suis vraiment dans la merde !

"Tenir si fort: Il n'aurait jamais imaginé qu'une obsession puisse avoir une telle emprise sur lui.

Lorsque Nehemia Franck est entrée dans le ranch des Cranberry, elle s'attendait à ce que sa vie se déroule d'une certaine manière. Elle est la fiancée par correspondance du propriétaire et doit s'acquitter de ses devoirs. Elle nettoie la maison, cuisine pour ses hommes et réchauffe son lit la nuit. Ce à quoi elle ne s'attendait pas, c'est qu'un cow-boy costaud entre dans la maison et l'entraîne littéralement au loin.

Holsen Myrtil Je n'avais pas le temps de sortir pour trouver une femme. Une fiancée par correspondance me semblait donc le moyen le plus simple de trouver une compagne. Il pensait avoir fait une erreur jusqu'à ce qu'il voie le petit rayon de soleil qui illuminait sa vie. Je n'avais jamais imaginé un grand amour comme ça. Il n'avait jamais imaginé qu'une obsession pouvait prendre racine aussi fortement.

Lorsque le drame frappe la ferme et que leur amour rapide est menacé, Nehemiah et Olsen peuvent-ils rester ensemble ?

"L'étrange mariage du milliardaire : depuis qu'il a commencé à éprouver des sentiments pour Clark."

Merlin doit prendre de grandes décisions concernant sa vie.

Doit-il tout mettre en suspens pour une relation qui n'est pas réelle ?

Alors qu'il continue à jouer la comédie, il commence à éprouver des sentiments pour Clark.

Mais ce dernier ressent-il la même chose ?

Ou a-t-il simplement besoin d'une petite amie pour pouvoir mettre la main sur son héritage ?

"Ces caresses taboues : Cette nuit-là a changé ma vie pour toujours".

Cela a commencé par un baiser, un toucher innocent. Cela n'aurait pas dû mener à quelque chose de plus à cause de ce que nous étions, de ce que nous étions l'un pour l'autre. Mais je l'ai aimé même s'il était mon demi-frère. Ils l'appelaient un mauvais garçon, dangereux, il était rude et brut de décoffrage dans tous les aspects masculins importants. Mais je l'aimais toujours.

Et cette nuit-là, ces contacts tabous, les mots doux et sales qu'il a murmurés ont changé ma vie pour toujours. Il m'a donné son bébé. Et puis il est parti, licencié, sans jamais connaître la vérité. Aujourd'hui, un an plus tard, il est revenu et prétend que j'ai toujours été à lui. Mais est-ce que ce sera encore le cas une fois que la vérité sera connue ?

Un livre pseudo-tabou qui contient une petite dose d'angoisse, un bébé secret et un mauvais garçon. Le héros est sombre, possessif, mais n'a jamais eu d'yeux que pour l'héroïne. L'héroïne est une petite ville douce et charmante qui a peur de perdre à nouveau le héros une fois qu'elle aura découvert l'existence de son enfant.

"Un alpha au mauvais caractère : aucune femme n'a jamais été capable de le gérer".

Maltraitée et chassée de sa meute parce qu'elle était grosse, Emma doit trouver un nouvel alpha, un alpha qui soit prêt à l'accepter avec ses défauts. Elle a entendu parler de Wilson, un alpha au mauvais caractère, qui a été chassé de sa meute d'origine et a créé la sienne d'une manière mystérieuse. Elle ne peut qu'espérer qu'il l'acceptera.

Chaque personne que Wilson prend dans sa meute a un défaut qui a été rejeté par les autres, mais il ne voit pas de défauts, seulement de la beauté. Lorsqu'il voit Emma pour la première fois, il sait qu'il l'aime. Il sent la noirceur et la force en elle, et il n'a pas d'autre choix que d'utiliser tous les moyens possibles pour la faire s'effondrer, afin qu'il puisse utiliser la force qui la terrifie maintenant. Ce n'est qu'en la poussant qu'il pourra entrer dans sa peau et libérer le pouvoir qu'Emma détient.

Mais Wilson, lui, est submergé par les besoins. Il est l'alpha, destiné à être fort. Aucune femme n'a jamais été capable de le prendre. A-t-il trouvé cette femme en Emma ? Peut-elle supporter son type de contrôle ? Son besoin de protection ?

"Captive d'une nuit enneigée: Jusqu'à ce qu'elle apparaisse et que son âme se sente captivée
".

Oh, nuit de neige, les étoiles brillent. C'est la nuit de la grande chute du bûcheron. Son cœur a longtemps dormi d'un sommeil éternel. Jusqu'à ce qu'elle apparaisse et que son âme soit captivée.

Un frisson d'espoir, le monde de la romance se réjouit. Car une nouvelle histoire glorieuse est sur le point de commencer. Ouvrez vos lecteurs et lisez cette histoire.

"Épuisement : Sienna est peut-être jeune, mais son corps sait ce dont il a besoin".

Lorsque la mère de Sienna s'est remariée et est partie précipitamment pour Paris, elle s'est résignée à être élevée par sa gouvernante.

Sienna ne s'attendait pas à ce que son nouveau demi-frère, Grant Foster, le grand manitou de Wall Street, lui assigne une équipe de gardes du corps, l'installe dans son penthouse de plusieurs millions de dollars et commence à l'appeler princesse. Malheureusement, tout en la gâtant, Grant continue de la tenir à distance.

Sienna est peut-être jeune, mais son corps sait ce dont il a besoin. Et même si son demi-frère lui est interdit, elle ne peut s'empêcher de se demander ce qu'il faudrait faire pour porter son duvet...

"Il va l'avoir : William aime Jesse plus que tout au monde".

William s'est échappé de prison pour prouver son innocence, mais avant d'y parvenir, il a besoin d'un endroit sûr où se cacher. Lorsqu'une femme aux formes arrondies s'approche de sa voiture dans une partie isolée d'un parking, il y voit l'occasion rêvée. Sous la menace d'une arme, il force cette femme à la ramener chez elle.

Ce n'est pas la première fois que Jesse est menacé d'une arme, et il n'a pas vraiment peur de William. Il y a quelque chose dans son regard qui lui fait comprendre qu'il ne va pas lui faire de mal, ce qui est fou... et c'est ce qui l'effraie.

Il est le premier homme qu'elle ait jamais désiré, mais elle doit lui résister. L'amour n'a pas sa place dans la vie de Jesse.

William veut Jesse plus que tout au monde et il l'aura. Connaissant les abus qu'elle a subis dans le passé, il ne la voit pas différemment. Il sait juste qu'elle mérite un homme sans nuage noir au-dessus de sa tête.

Il va laver son nom, mais que se passera-t-il ensuite ? Reviendra-t-il pour s'approprier Jesse ou la laissera-t-il partir ?

Je suis sûre que vous trouverez ce que vous cherchez dans ces histoires de sexe super chaudes et torrides. N'hésitez pas à me faire part de vos commentaires, j'en serais ravie.

Merci encore pour votre fidélité et votre soutien, et à bientôt pour de nouvelles aventures érotiques !

Ashley Colem

Don't miss out!

Visit the website below and you can sign up to receive emails whenever Ashley Colem publishes a new book. There's no charge and no obligation.

https://books2read.com/r/B-A-TMQAB-GWWOC

BOOKS 2 READ

Connecting independent readers to independent writers.

Did you love *Obsede Par Elle*? Then you should read *Limite dépassée*[1] by Ashley Colem!

[2]

Anette Félix a été expulsée de sa famille d'accueil le jour de son dix-huitième anniversaire. La grossesse qu'elle essayait de cacher lui enleva la petite jeunesse qu'elle essayait de conserver.

La vie a été difficile pour elle et elle a appris à survivre. Aujourd'hui, à 28 ans, elle occupe un bon emploi dans le secteur des assurances et travaille aux admissions dans un collège local.

Lorsque la légende du rock Rick Fender est entrée dans le bureau de l'université, elle a voulu obtenir un autographe de son fils, mais

---

1. https://books2read.com/u/mdqMOy

2. https://books2read.com/u/mdqMOy

son arrogance l'a fait changer d'avis. Comme tout autre homme, Rick est une déception.

Jusqu'à ce que... il ne l'était plus.

Also by Ashley Colem

Bien Trop Brutal

Obsede Par Elle

Limite dépassée

Amour Improbable

Kataliya, la Parfaite Élue

Le Choix Ultime d'un Seul Amour

Réveille-toi, Barbara

Sexe à Répétition

Taïna est en feu

Captive d'une Nuit Enneigée: Jusqu'à ce qu'elle apparaisse et que son âme se sente captivée

Ces Attouchements Tabous: Cette nuit-là, il a changé ma vie pour toujours

Épuisement: Sienna est peut-être jeune, mais son corps sait ce dont il a besoin

Il va l'avoir: William veut Jesse plus que tout au monde

La Femme de ses Rêves: Il est obsédé par la jeune beauté qui lui a volé son cœur

Le No 1 des Connards: Il ne cherche pas d'excuses pour ce qu'il est ou ce qu'il fait

L'étrange Mariage du Milliardaire

Maintenant... Elle est à moi pour Toujours: Je mets un bébé dans son ventre et une bague en diamant à son doigt

Piégé par elle

Tenir si Fort: Il ne savait pas qu'une obsession pouvait s'emparer de lui aussi fort

Un Alpha de Mauvais Caractère: Aucune femme n'a jamais été capable de le gérer

Un Échange Très Étrange: Le destin de Cian et de Serenity, croisés dans un lycée américain

Limite Superato

Amore Improbabile

Kataliya, la Perfetta

La Scelta Definitiva di un Singolo Amore

Sesso ripetuto

Taina è in Fiamme

Esaurimento

Intrappolato da lei

La Donna dei Suoi Sogni

Lo Stronzo #1

Ora è mia... per sempre

Prigioniero in una Notte di Neve

Sta per Averla

Stringere Così Forte

Obsession: Tout a changé la première fois que Jackson a vu Dina

Svegliati, Barbara: Stare con Clark diventa un grosso problema

Agarra tan Fuerte

Atrapado por ella

El Éxtasis de lo Prohibido: Después de que Nadia descubre que Bady la engaña

El gilipollas nº 1: No pone excusas por lo que es o por lo que hace

L'estasi del Proibito: Dopo che Nadia scopre che Bady la tradisce

L'extase de l'interdit: Après que Nadia découvre que Bady la trompe

Obsesionado con ella: Finalmente tengo la oportunidad de hacerla
mía